CHE COS'È UN LIBRO AD ALTA LEGGIBILITÀ?

Caro lettore, questo non è un semplice libro, ma è un libro "ad alta leggibilità". Che cosa facciamo per ottenere questo risultato?

Allineiamo il testo a sinistra e non lo dividiamo in sillabe. Questo evita di interrompere le parole quando si va a capo e aiuta il lettore a mantenere il ritmo della narrazione.

Utilizziamo la font ad alta leggibilità SocialFont® da noi creata, le cui particolarità agevolano la comprensione del testo; in particolare, SocialFont® aiuta chi è dislessico a leggere con minori difficoltà e più velocemente.

Abbiamo brevettato uno strumento compensativo – chiamato LeggiRiga® – staccabile dalla copertina; quando lo si appoggia sulla pagina del libro, evidenzia la parte che si sta leggendo, coprendo il resto del testo. Questo aiuta il lettore a mantenere la concentrazione ed elimina il fastidioso effetto "affollamento visivo" *(crowding effect)*.

I nostri libri hanno paragrafi spaziati. Questo tipo di impaginazione dà un po' di "respiro" alle pagine e aiuta il lettore a comprendere meglio il testo.

Per le pagine dei nostri libri usiamo una carta non riflettente color avorio, per non stancare la vista.

Collana

PARAOLE IN CHIARO

A Camy

Buon Natale

di

ALTRI LIBRI DELLA SERIE “LE GRANDI STORIE PER TUTTI”

Alessandro Corallo

La città del sorriso

Marco Erba

Il segreto della Spada Rubina

Renato Giovannoli

I predoni del Santo Graal

Luca Abete - Alessandro Corallo

Dirsi "Buon Natale" è una cosa seria!

Cartoline di auguri per te

Illustrazioni di Roberta Briatico

SociaLibri
opportunità per la comunità

ANCORA

ÀNCORA EDITRICE
Via B. Crespi, 30 - 20159 Milano
Tel. 02.345608.1 - Fax 02.345608.66
editrice@ancoralibri.it
www.ancoralibri.it

N.A. 6217

ISBN 978-88-514-2597-5

Stampa: Àncora Arti Grafiche - Milano

BUONA NASCITA!

Buona Nascita? In effetti “Buon Natale” in italiano vuole dire proprio “Buona Nascita”. E nelle varie lingue del mondo?

In spagnolo si dice *Feliz Navidad*, che è Felice Nascita.
Joyeux Noël nella lingua francese vuol dire sempre Felice Nascita.
In tedesco *Frohe Weinachten* si può tradurre come Felice Notte Santa.
Happy o *Merry Christmas* dall’inglese si traduce con Felice Messa (intesa come celebrazione) di Cristo.

Quindi Natale vuole dire nascere, ma chi è nato?
Secondo la religione cristiana non è certo nato Babbo Natale, ma Gesù, il figlio di Dio che è nato proprio sulla terra.

E dove nasce il figlio di Dio? Nell’albergo più lussuoso?
No, in una semplice mangiatoia con un letto di paglia e in povertà. Adorato dai pastori e visitato dai magi d’oriente che hanno portato doni al bambin Gesù, e da qui il tradizionale scambio di regali a Natale.

E oggi dove vediamo nascere Gesù?

Lo vediamo in...
chi fa una buona azione,
chi pensa al prossimo prima di sé stesso,
chi aiuta genitori, nonni, parenti, amici e compagni,
chi dà la vita per gli altri.
Insomma... dove c'è Amore!

Infatti, la nascita è Amore verso quel bambino o quella bambina che sta venendo al mondo e celebrando questa festa della Nascita celebriamo l'Amore verso i nostri cari con i quali ci ritroviamo a festeggiare, ma anche verso gli sconosciuti che magari vivono per strada, attraverso un semplice gesto o un semplice saluto che riscalda i cuori. Un semplice saluto che in questo periodo diventa un semplice augurio: Buon Natale!

Dopo una grande attesa ci ritroviamo insieme e partecipiamo a questa gioia grande, alla speranza che ci porta Gesù, alla rinascita che possiamo avere anche noi, soprattutto quando abbiamo bisogno di rialzarci dopo essere caduti, dopo un insuccesso o dopo i nostri errori.

E quindi per augurarti una Buona Rinascita o una Buona Nascita, vogliamo dirti semplicemente...

BUON NATALE!

SIAMO NOI IL NOSTRO NATALE

Il nostro primo Natale ci ha dato la vita, ci ha permesso di emettere il nostro primo respiro, di fare il nostro primo pianto, di sentire il calore di una guancia e di conoscere il primo tenero bacio della mamma, di papà, di chi ci vuole bene...
Il nostro primo Natale ci ha permesso di far parte di questo mondo.

Dire "Buon Natale" a tutti è un piacere, ma anche un dovere, soprattutto se facciamo il nostro augurio alle persone che ormai "Buon Natale" non lo dicono da tempo e si sono anche dimenticate il suono di queste due parole inscindibili.
Ma in fondo nel loro cuore c'è ancora una piccola luce e illumina un presepe intimo che ricorda il Natale vissuto da bambini, quando la gioia di questa festa ardeva dentro.

Da piccoli c'era la voglia di urlare al mondo intero "Buon Natale". Di diffondere la pace e la serenità di cui eravamo pieni e di sognare di essere una cartolina di auguri capace di trasportare il nostro messaggio, che oggi in alcuni casi è divenuto digitale, ma che comunque è in grado di raggiungere, se lo vogliamo, tutti gli abitanti della terra.

UNA SCOPERTA INCREDIBILE

È successa una cosa incredibile!
Abbiamo fatto una scoperta che sicuramente sorprenderà anche te.
Esiste un posto che raccoglie tutti gli auguri non dati.
Ne abbiamo contati tanti, ammassati uno sull'altro, in tutte le lingue del mondo.

Quando li abbiamo visti, te lo giuro, non credevamo ai nostri occhi. Ci sono auguri timidi mai sussurrati, auguri irruenti e mai urlati a nessuno, non mancano quelli innamorati e non corrisposti, quelli di chi voleva, voleva, voleva mandarli... e, alla fine, non ha fatto in tempo. Come un pacco inviato e mai giunto a destinazione. Sono tutti lì. Fermi, impolverati, ma per nulla rassegnati, nella stanza segreta degli auguri abbandonati.

Nessuno poteva immaginare che esistesse un posto così e non sappiamo neanche dirti come abbiamo fatto ad arrivarci.
Una cosa però l'abbiamo capita: questi auguri hanno aspettato troppo tempo e non possono più restare lì!

Ecco vedi, abbiamo trovato anche gli auguri destinati a te. Non dirci grazie, in fondo abbiamo fatto quello che avresti fatto

anche tu per noi, perché non è mai troppo tardi per dirsi: auguri!
E se anche tu stai pensando di aver perso qualche occasione per strada... sei ancora in tempo: torna sui tuoi passi e dillo senza esitare: auguri!

Magari condiscili con un abbraccio, annegali nel tuo miglior sorriso e non dimenticare che gli auguri non dati sono occasioni mancate, schiaffi sulla guancia che feriscono però... chi non li dà!

Noi intanto non ci fermiamo: proveremo a inviarli tutti. Faremo in modo che la stanza si svuoti. Che a terra non se ne conti neanche uno e che tutti giungano a destinazione.

Lasciamo che i nostri auguri non si perdano. Facciamo che arrivino nel posto più inaspettato, sorprendendo chi davvero non ci sperava più. Perché Natale fa rima con Pensiero Speciale, che può valere più di un pacco luccicante appena uscito da un negozio.
Pensaci: scambiarsi auguri sinceri... in fondo costa anche meno!

E ora attenti, la porta si sta aprendo...

LE NOSTRE CARTOLINE DI AUGURI PER TE

BUON NATALE PER PIÙ DI UN SECOLO!

Gli auguri di Nonna Peppa

A pensarci bene non so se li ricordo proprio tutti. Forse anche voi fate fatica a ricordarvi tutti i vostri Natali passati. Per assurdo ho più memoria del mio Natale da bambina piccola: la preparazione fin dal primo giorno di Avvento era molto differente da come si fa oggi.

Provate a pensare ai vostri giorni precedenti il Natale: lunga letterina a Babbo Natale per far sapere le vostre preferenze, corsa ai regali, carrelli della spesa straripanti di ogni bene alimentare come se si dovesse vivere isolati per mesi, addobbi che costano uno sproposito e poi ancora traffico, gente nervosa e pochissimo spirito natalizio.

Il mio periodo di Avvento era fatto di rinunce, di digiuno... anche perché quando ero piccola io non c'erano questi grandi centri commerciali o supermercati enormi.
Non c'era molto da mangiare e ci si arrangiava con il poco che papà riusciva a portare a casa.

Andavamo a pregare in chiesa tutti i giorni e in questo periodo mi dovevo impegnare a essere più buona. Aiutavo mamma a

1
1
5

preparare i dolci da portare alle famiglie che avevano avuto un lutto, infatti loro per questo motivo non preparavano nessun dolce... e senza dolci che Natale è?
Scrippelle fritte, nevole ricamate, panzerotti ripieni di crema, ricotta, mostarda o cacao. Una delizia.

La vigilia di Natale ci si riuniva con tutti i parenti e mangiavamo il capitone, mentre il giorno di Natale eravamo solo noi, beh solo... i miei genitori e noi cinque figli.
I regali li faceva papà (e purtroppo neanche tutti gli anni) e consistevano in qualche caramella, nulla più. E siccome allora le caramelle erano molto rare, per noi era un enorme regalo.

Oggi a distanza di molti anni ho capito che il regalo più grande che ricevevo a Natale (ma non solo il 25 dicembre) era l'amore che i miei genitori riversavano su noi, ma anche sulle persone più sfortunate, malate o povere.
Infatti erano sempre pronti ad aiutare gli altri. Un amore gratuito senza aspettare regali o null'altro in cambio. Tutte le difficoltà venivano affrontate da papà e mamma, con umiltà e senza mai far sapere nulla a noi, per la nostra serenità.

Ora che sono passati ben 116 anni dal mio primo Natale, posso dire che il miglior Natale è quello del dono: donarsi agli altri più che donare. Lo dico ai giovani, ai ragazzi e ai bambini: l'egoismo non porta a nulla. Ed è bello donare non solo beni materiali, ma anche e soprattutto del tempo a chi è solo, un aiuto a chi ne ha bisogno, una telefonata a chi è lontano. No, il messaggino no, anche se so che oggi i giovani comunicano così!

Lo dico alle famiglie dei più giovani, perché è loro il compito di educarli più con l'esempio che a parole: l'esempio dei miei genitori mi accompagna da tanti anni, è la luce sulla mia strada. L'esempio rimane nel cuore, anche se sembra che nulla sia stato colto da chi ti osserva, ma quando meno te l'aspetti viene fuori tutto l'insegnamento in esso racchiuso.

Quando ero più giovane mi hanno sempre insegnato a non sperperare il denaro e a pensare al futuro, proprio al contrario di quanto oggi la nostra società ci trasmette. Anche in questo modo sono arrivata a 116 anni.
A proposito, in molti chiedono il segreto dei miei 115 Natali e ve lo posso rivelare: il primo Natale si nasce, a Natale ci sono i regali e la nostra Vita è un dono, non sprechiamola e viviamo nella semplicità, nella pace, nel rispetto reciproco.

BUON NATALE PER 115 VOLTE!

Nonna Peppa (Maria Giuseppa Robucci), sindaco onorario di Poggio Imperiale (Fg), è stata la donna più anziana d'Europa e la 5° donna più longeva al mondo. Nata a Poggio Imperiale il 20 marzo 1903, viveva ad Apricena (Fg), dove è mancata il 18 giugno 2019 a 116 anni e 90 giorni.

JWAYE NOWÈL

Auguri da Haiti

Ad Haiti, un'isola dei Caraibi, dire "Buon Natale" è augurare di avere ogni bene e serenità, ma anche salute e cibo come regali da scartare e, se non è possibile, poco male: avere sempre accanto le persone amate è il regalo più bello del mondo, che purtroppo non tutti possono ricevere.

Ad Haiti il giorno di Natale si celebra una Messa che dura circa tre ore... quindi, amici e amiche, non lamentatevi della "lunga" predica del parroco per la vostra Messa di Natale!
Magari qualcuno di noi ha anche partecipato a un'altra funzione, la notte prima: sì, proprio tutta la notte, danzando e suonando al ritmo incessante dei tamburi e con offerte di rum haitiano, rigorosamente Barbancourt.

Le famiglie che ne hanno la possibilità cucinano il patè alla creola, una specie di panzerotto cotto al forno ripieno di carne e verdure che si mangia alle 4 del mattino di ritorno dalla Messa, e riso con piselli, mentre il liquore delle feste è la Cremas fatta in casa con il cocco. Per chi ha problemi economici (ahimè, la maggior parte della popolazione) il menù si ferma al riso bianco e fagioli... ma non ce ne sarà per tutti.

Da Haiti all'Italia sì, il mio Natale è cambiato di molto. Quelli che prima speravo di ricevere come grandi regali di Natale sono diventati normalità: l'amore della mia nuova famiglia, una casa, addirittura ho una mia camera, un bagno con l'acqua, la corrente elettrica, cibo a volontà, la scuola e tanti amici.

E allora la mia risposta alla domanda: "Qual è stato il regalo più bello che hai ricevuto?" è questa: non c'è un regalo che mi è piaciuto di più. A me sembrano tutti belli ancora prima di aprirli, quando sono in bella mostra sotto l'albero luminoso. Le loro carte colorate mi ricordano il mio paese. Tutti quei colori e nastri mi ricordano i sorrisi dei bambini e dei ragazzi sempre felici nonostante tutto.

Haiti è un paese molto povero e non arrivano tanti regali da quelli parti, né a Natale né mai, quindi i bambini si accontentano del poco che hanno: macchinine in *fer forgè* (fatte cioè con ferro battuto o con latte di ferro recuperate in discarica), matite regalate dagli stranieri, bambole di stoffa assemblate come si riesce e aquiloni per far volare anche i loro sogni.

Ecco perché non posso descrivere uno dei miei regali, sono tutti belli e soprattutto sono fatti con il cuore di chi mi ama.

Anna

BUON NATALE CAMBIATO!

MERRY CHRISTMAS

Auguri americani... un po' tristi

Da Haiti al "sogno americano" il passo è veramente breve, solo un'ora e mezza di aereo. Un soffio di vento e la mia cartolina incontra l'augurio di una mamma:

"Buon Natale, figlia mia... il primo senza di te. La scuola doveva formarti per affrontare al meglio questo mondo, invece proprio questo mondo ha permesso la facile diffusione delle armi che ti hanno colpita proprio a scuola, allontanandoti da me per sempre. Non chiedo nulla al Natale, solo saperti felice e poterti riabbracciare presto, in Cielo".

Il Natale tocca i sentimenti e i ricordi, cercando di plasmarli per renderli più lievi e dolci, come i canditi che invadono le nostre case addobbate.

BUON NATALE DISARMATO!

UN COLORE, MILLE COLORI

Auguri con il sorriso

Un “Buon Natale” che sia davvero tale ha mille colori: le luci che addobbano gli alberi e rendono i negozi allegri, le strade festose e le case ancora più accoglienti.
I colori dei pacchi si intonano con il fiocco del nastro pieno di riccioli.

Poi ci sono i colori che esaltano il sapore della frutta di stagione e i colori dei piatti tipici che profumano e mettono appetito.
E ancora, il colore della neve, se la riesci a vedere, il colore del mare, se ci puoi sguazzare, il colore della terra argillosa che richiama il colore al tramonto della palla infuocata del sole.

E poi, il colore delle guance arrossate dal freddo, ma anche il colore delle guance abbronzate dal sole.
Il colore del tuo albero invernale oppure il colore della tua pianta estiva.

Poco importa, colore e calore di un Natale con il caldo sono lo stesso colore e calore di un camino acceso per un Natale con

la neve. L'importante è vedere il mondo a colori, non in bianco e nero.
Il bianco, il nero, il grigio di un anno che si sta per concludere devono portare ai colori accesi del Natale.
Il Natale mette allegria. I colori mettono allegria, allegria vuol dire sorrisi.

I colori dei sorrisi dei bambini... che colore ha un sorriso?
Un sorriso non ha un colore, ha tutti i colori, tutti diversi, tutti uguali esattamente come il colore della pelle di ognuno di noi: non importa se bianca, nera, rosa, gialla, arancione o marrone!
I colori sono uniti esattamente come lo sono nell'arcobaleno.

BUON NATALE MULTICOLOR!

DOLCE NATALE

Auguri golosi

Oh, finalmente è Natale! Basta con i soliti dolci. Evviva i dolci di Natale! Lo so, dovrei controllarmi... ma non ce la faccio, sono troppo buoni.
Se per caso non dovessi mangiare i dolci di Natale la tradizione non sarebbe rispettata... e quindi che vuoi fa'?

Non sia mai, la tradizione è importante e bisogna tramandarla di mascella in mascella.
Io ad esempio posso tramandare un bel *selfie* mentre gusto due fette di panettone gastronomico al salmone.

A Napoli si mangiano i *mostaccioli*, biscotti ricoperti di cioccolato.
A Milano si gusta il *panettone*, con o senza frutta candita.
A Berlino si divora lo *stollen* con frutta candita e mandorle.
A Parigi si pappa la *bûche de Noël*, un tronchetto natalizio.

A Sydney e a Wellington si sbafa la *pavlova* con frutta fresca, panna e meringa, ideata per la ballerina russa Anna Pavlova.
A New York e a Londra ci si sazia con il *Christmas pudding*, con uova, mandorle, frutta candita, rum e spezie.

A Stoccolma mentre si banchetta con il *risgrynsgrot*... si va alla ricerca della mandorla perduta (un solo budino di riso ha la mandorla e chi la trova avrà un regalo in più).
In Cile a Natale si mangia il *pan de Pascua*, un pan di spagna con miele e zenzero e frutta candita... ma quindi a Pasqua si mangerà il *pan de Navidad*?

A Mosca a Natale ci sono i *pirozhki*, tortine di pasta di pane ripiene di ricotta, frutti di bosco, mele e uvetta.
In Islanda non possono mancare i *laufabraud*, semplici biscotti a base di latte, farina, zucchero e sale, super decorati e con la forma di fiocco di neve.

In Ungheria a Natale si srotola il *bejgli*: un rotolo ripieno di semi di papavero, noci e marmellata.
In Sudafrica c'è il *lekker pudding*, un budino che tutti mangiano ma di cui nessuno conosce gli ingredienti, che rimangono top secret... ma allora chi lo prepara?

A questo punto sono curioso: come sarà il vostro dolce Natale?

BUON NATALE GUSTOSO!

BUON NON NATALE

Auguri da chi sogna un mondo in pace

Io vivo qui. Nel paese dei giorni piatti, dove non esiste differenza tra il lunedì o la domenica, tra le giornate di festa e quelle lavorative. In una casa di poche stanze sempre più piene di oggetti e persone da mettere al sicuro.

Prima non era così, mi racconta mia madre. Giura che era diverso e promette che tornerà la normalità dei giorni distinti, proprio come accade in tutti i paesi del mondo.
Intanto, da quando sono nato, non ho mai festeggiato un compleanno, un anniversario, il mio primo dentino caduto. Figuriamoci un Natale...

Il nostro giorno di Natale ha i colori grigi dei giorni dei mesi precedenti. È zittito dal rumore della paura che irrompe a sorpresa, quando meno te lo aspetti, e cancella le parole, rattrista gli sguardi, rende superfluo ogni gesto che non sia utile per mettersi al riparo dai rischi di ciò che sta accadendo fuori dalla porta di casa, sulla quale non trova spazio nessun addobbo.

Io il Natale non l'ho mai visto. Davvero. E non lo hanno mai visto neanche i miei fratellini.
Dicono che dovrebbe fermare ogni cosa. Avvicinare le persone e farle sentire unite, amate. Che poi, pensandoci bene, è proprio così: quando si è uniti, ci si sente più forti. Quando ti guardi intorno e vedi occhi che ti guardano, cuori che battono proprio come il tuo, ogni cosa sembra meno difficile.

Ecco, io vorrei sentirmi più forte. Vorrei poter alzare la testa e guardare avanti. Uscire da queste mura anguste e scrutare l'orizzonte. Perdermi in un tramonto senza fumi neri che lo inquinano. Vedere le cose belle che tutti i bambini sognano e che alcuni non vedranno mai.

Il mio amico Omran, per esempio, non potrà più vederlo. O forse è volato via proprio per andarsi a cercare quel Natale che sognava e che pensava di meritare. Io, invece, lo sognerò restando qui. Inventerò il mio Natale immaginario. Quello che non si festeggia, ma si sente dentro. Quello che mette gioia e che alimenta la speranza che tutto questo prima o poi finirà.

Ora, quindi, sono pronto ad aspettare ancora. A credere con fiducia nella speranza di poter vivere finalmente quel giorno speciale che qui è atteso da ognuno.

Voglio fare però un patto con il calendario: dovrà restituirmi i giorni di festa persi finora.
Magari potrà anche non darmeli tutti, però dovrà concentrare tutta l'euforia, tutta la magia, tutto l'amore di quei giorni... in quello che sarà il mio primo super Natale megagalattico. Una data meravigliosa per me e per tutto il mio popolo, che sogna da tempo un risveglio con il suono di fuochi d'artificio di mille colori e non con il boato delle bombe di una guerra folle che ci ha rubato il sorriso e la voglia di giocare.

BUON NATALE DA TUTTI I PAESI IN GUERRA!

BUON LAVORO... ANCHE A NATALE

Auguri a chi veglia su di noi

Che sia un buon Natale, dovrebbe essere obbligatorio per tutti. Così come dovrebbe essere normale festeggiare tutti insieme, con famiglia, amici, conoscenti, ma anche con chi il Natale lo vive come un trambusto, ad esempio i nostri amici animali. Persino loro festeggiano con tutti noi o almeno con una parte di noi.

Chi festeggia il Natale in maniera diversa (e magari come non vorrebbe) è chi lavora in questa notte magica. Perché alcuni lavori sono così importanti che neanche il Natale fa andare in vacanza.
Sono i lavori che salvano la vita: i medici e gli infermieri, i vigili del fuoco, i poliziotti e così via, fino ad arrivare a tutti coloro che permettono agli altri di festeggiare il Natale, ad esempio chi lavora nei trasporti o nella ristorazione.

Speriamo che pure loro trovino anche solo cinque minuti per pensare alla magia del Natale e onorare questa festa, loro che lavorando rendono sicure e felici altre persone.

BUON NATALE A TUTTI I LAVORATORI NATALIZI!

BUON NATALE DI SPERANZA

Auguri da chi vive nella sofferenza

Quello che mi auguro per Natale è monotono, lo sto chiedendo da anni proprio perché non si avvera mai, nemmeno con la magia della Notte di Natale, davanti alla capanna con la culla di paglia vuota in attesa del Bambino.

Ma io non desisto, non mi stanco di chiedere, di sperare, di sognare che quella malattia, quella disabilità scompaia esattamente come si è presentata nella mia vita, senza un perché, senza una spiegazione, senza un'apparente via d'uscita. Mia o di un mio caro, non importa: lotto per me, per lui o per lei.

Non permetto a questo male di rovinare il Natale. Il Natale così è gioia, è serenità, è pace in qualsiasi condizione ci si trovi. Se il male vince sul Natale, su cosa potremo sperare? Dove troveremo la forza di lottare, la speranza inesauribile?

E se anche questo Natale passerà senza che il mio desiderio venga esaudito... allora forse è proprio questo il regalo di cui avevo bisogno, perché attraverso la sofferenza, attraverso le lacrime, attraverso la voglia di non dire mai: "Basta, non ne posso più!", io vivo, io sono, io faccio parte di questo mondo. Non l'ho scelto io il quando e il come affrontare questa vita. Mi è stata data attraverso il mio primo Natale e di certo non la rinnegherò proprio a Natale.

Buon Natale da sano, da ammalato, da persona che assiste. Il nostro esempio di vita non passerà mai inosservato e darà la forza a chi ne ha bisogno. E così il male non potrà mai vincere.

BUON NATALE CHE GUARISCE!

BUON NATALE CON I PACCHI

Auguri per far riflettere

Il mio è un Augurio che vuole far riflettere.
A Natale qualche bambino, abituato un po' troppo bene, fa i conti con i pacchetti da aprire.

"È Natale! È Natale! Forza, sveglia, dai fratellino, dai sorellona, tutti in piedi!"
"Ma sono solo le 7 del mattino."
"È vero, ma non è un mattino qualunque, è il mattino di Natale!
Mamma, papà, venite a vedere ci sono tantissimi regali.
1, 2, 3, 4, 5, 6, 7, 8, 9, 10, 11, 12, 13, 14 e...
...e basta? Ma com'è possibile?

Mammaaaa, l'anno scorso ho aperto 14 regali e quest'anno sono ancora 14!!! Com'è possibile? Tu dici sempre che bisogna migliorare... e dov'è questo miglioramento? Non si può festeggiare un Natale in questo modo! Spero che arrivi lo zio con almeno un paio di pacchi, ma devono essere molto grossi sennò non lo faccio entrare. Ma daiiii.... e poi mi vengono a parlare dello Spirito Natalizio!!!"

BUON NATALE PACCOSO!

DAVVERO BUON NATALE?

Auguri anche a chi non ci ha capito molto...

Dirsi “Buon Natale” è importante, ma preferisco dirlo con il calice pieno di champagne al cenone, mentre tutti facciamo finta di farci gli auguri, con baci e abbracci finti.

Dirsi “Buon Natale” è importante, certo, ma non quanto ricevere come regalo l’ultimo modello di smartphone top di gamma, quello da non meno di 1.000 euro, più il nuovo monopattino elettrico che costa più o meno la stessa cifra, al quale aggiungerei la nuova consolle per i videogiochi, ma per quella te la cavi con 700 euro e hai qualche gioco incluso, e poi vuoi non ricevere un bel cucciolino di cane di razza, lì vai su di qualche migliaio di euro, ma sai quanti *like* prendi su Insta?

Dirsi “Buon Natale” è importante, basta che quando lo dici non sei seduto su un cartone con la mano tesa. Dirsi “Buon Natale” è importante, basta che non mi racconti le tue sventure, le tue malattie, i tuoi guai.
Facciamoci i regali che tutto va bene. Ah, io il regalo te lo do a gennaio... sai, ci sono i saldi e risparmio, ma tu puoi comunque darmelo prima, così lo apro sotto l’albero.

Dirsi “Buon Natale” è importante, ma non quanto fare un pranzo di Natale con il pesce e, se dico pesce, dico aragosta, mica il merluzzo!
Quindi sì, diciamoci “Buon Natale”, ma solo se mi allunghi un bel pacchettino con la carta di Tiffany e all’interno gioielli d’oro con diamanti.

BUON NATALE CONSUMISTICO!?

BUON NATALE CON LA PUZZA

Auguri da chi vorrebbe fare festa come tutti

"Buon Natale"? Io non l'ho mai detto.
Forse mi piacerebbe dirlo, ma dove abito io, in questo periodo, non c'è neanche un albero addobbato. Non ci sono luci o presepi, eppure so che qui vicino ci sono tanti artigiani che realizzano i personaggi del presepe, una tradizione molto forte da queste parti.

I miei genitori non sono italiani, ma abitano qui da tanti anni, e io in realtà non so se sono italiano. Io non so cosa sono, di dove sono. So però che sono nato in Italia.

A scuola riesco ad andare quando posso, quando ho i vestiti in ordine, quando non ho i buchi nelle scarpe e quando non sono impegnato con i lavori che mi danno i miei genitori.
Se non vado a scuola, sto a casa a giocare con gli altri bambini. Più che a casa, fuori casa, solo che da me non c'è un parchetto o il giardino. E c'è puzza perché non sappiamo dove buttare la pattumiera.

Quando piove, il fango non ci impedisce di giocare, ma poi sporco la casetta o la roulotte.

Mi piacerebbe festeggiare il Natale proprio come tutti i miei compagni di scuola, come tutti i bambini.

Come regalo chiederei dei vestiti nuovi e puliti, così da non saltare mai un giorno di scuola, chiederei che anche i miei genitori imparassero a leggere, chiederei che almeno una volta la settimana venisse il camion a portare via la spazzatura, così da far sparire la puzza e vorrei poter dire anch'io:

BUON NATALE DAL MIO CAMPO ROM!

BUON NATALE SENZA PAROLE

Auguri... stretti stretti

Dire “Buon Natale” a volte non è sufficiente, bisogna anche abbracciare. Il calore di un abbraccio vale molto di più di un pacchetto regalo misura XXL.

Se vuoi davvero abbracciare il mondo con i tuoi auguri, inizia ad abbracciare la mamma e il papà che ne hanno sempre bisogno, la nonna anche se “profuma” di naftalina, il nonno anche se trema in continuazione mentre lo stringi.

Un abbraccio di auguri non è un semplice abbraccio: è un riconoscimento dell’importanza di quella persona per te. E un ringraziamento più significativo di tante parole.

E più grande, stretto e lungo è l’abbraccio, più forza ed entusiasmo riceviamo: abbracciando e venendo abbracciati.

BUON NATALE CON L’ABBRACCIO!

BUON NATALE CON L'ALBERO

Auguri ecologici

"Buon Natale" di qui, "Buon Natale" di là, "Buon Natale" davanti agli addobbi, "Buon Natale" davanti alle luminarie, "Buon Natale" davanti ai pacchetti regalo, "Buon Natale" davanti a un albero, ma non uno qualsiasi: davanti all'albero di Natale.

Già a proposito di alberi... io vivo in mezzo agli alberi, purtroppo ancora non so per quanti anni.
Dove vivo io ci sono 390 miliardi di alberi... sì, è tutto vero, avete letto bene: 390 miliardi di alberi. Quindi per un bel po' di anni ho ancora la possibilità di avere il mio albero di Natale.

Purtroppo un quinto della foresta dove vivo è stata già distrutta. Un'incredibile deforestazione porta all'impoverimento del suolo, alla distruzione di una parte del polmone verde del mondo che dona ossigeno al pianeta dove viviamo, il tutto per far posto a campi agricoli che alimenteranno il bestiame che poi verrà utilizzato per hamburger e bistecche: una doppia distruzione.

Senza pensare alla distruzione dell'ecosistema che da sempre dona vita a migliaia di specie di insetti e di animali.

Ogni anno si distruggono sempre più alberi e l'uomo sta distruggendo la casa in cui vive: il pianeta Terra, dove in un futuro non tanto lontano non ci sarà più un Natale.

Intanto...

BUON NATALE DALLA FORESTA AMAZZONICA!

BUON NATALE ALLE MIE FAMIGLIE

Auguri che uniscono, sempre

Un tempo auguravo "Buon Natale" alla mia famiglia. Eravamo riuniti tutti insieme la Vigilia per il cenone e il giorno dopo per il pranzo. Dicevo: "Buon Natale" e riuscivo ad abbracciare tutti i miei familiari.

Ora non è più così: se dicessi "Buon Natale" solo alla Vigilia o solo il 25 dicembre so per certo che non riuscirei ad arrivare a tutti i componenti della mia famiglia. Anche perché ora di famiglie ne ho più di una. Una è composta dai miei fratelli, dalle mie sorelle e dalla mia mamma; e poi c'è quella composta dal papà che ora vive da solo, beh, tranne quando andiamo noi a casa sua e allora formiamo la mia seconda famiglia.

Molti vivono la separazione dei genitori come la perdita di qualcosa. Sì, è vero, abbiamo perso l'unità familiare, ma su questo io o i miei fratelli non possiamo farci nulla. Anzi, dobbiamo continuare ad amare i nostri genitori e formare con loro non una, ma due famiglie.

Allora "Buon Natale", famiglia con papà, e "Buon Natale" famiglia con mamma!

Basta con le sofferenze e i litigi, godiamoci il Natale (e la nostra vita) con amore, gioia e serenità, perché questo ci porta in dono il Natale e questo è il regalo che dobbiamo scartare (nel senso di aprire) ogni giorno dell'anno.

BUON NATALE AL QUADRATO!

BUON NATALE

BUON NATALE E BUON GUADAGNO

Ma che razza di auguri sono?

Buon Natale a voi che entrate nel mio negozio e lasciate un po' di soldini.

Buon Natale a voi che dite "Buon Natale" spendendo tanti soldi perché in fondo pensate che più grosso e costoso è il regalo, più il Natale di chi lo riceve è buono.

Buon Natale a quelli che lo attendono sfrecciando a destra e a manca rincorrendo cose materiali, innervosendosi per la multa all'auto lasciata in doppia fila mentre si era alla cassa. Oppure spendendo ancora di più in carrozzeria per sistemare il danno causato dalla frenesia e dal traffico dei giorni che precedono il Natale.

Buon Natale a chi va alla ricerca di un gioiello grande e costoso e luccicante, perché quello potrebbe portargli più amore, non sapendo che in quella notte magica è la nostra stella di Natale che deve luccicare più di tutto.

Buon Natale a quelli che invece odiano il Natale perché non possono permettersi di fare i regali oppure sono tristi perché ne riceveranno meno dell'anno prima, ignorando che il regalo più grande è gratuito: l'Amore per il prossimo.

Buon Natale anche a me: finché c'è il Natale le mie tasche saranno sempre piene, perché chi spende non bada a spese e non fa caso ai prezzi che ho gonfiato a novembre.

Buon Natale a chi per mangiare spende uno sproposito al ristorante o per la spesa, a chi avanzerà un sacco di cibo perché comprato in abbondanza e lo butterà.

Buon Natale a chi vuole fuggire da una festa fatta di incontri con parenti e cene e spese per regali, spendendo poi il triplo per un viaggio il più lontano possibile.

Buon Natale anche a chi pensa che non ci sia bisogno di portare un regalino al parente anziano nella casa di cura o al parente malato in ospedale, perché poi potrebbe rovinarsi l'allegria delle feste.

Buon Natale a chi per guadagnare non passa neanche un giorno in famiglia, tanto più che la scusa del lavoro è sempre efficace per evitare i parenti...

Ma che razza di Natale è questo?

Allora diciamo tutti “Buon Natale” sperando che questo Natale ci faccia capire che non è un Natale da comprare, non è un Natale da sprecare, non è un Natale solitario, ma è da vivere insieme ai nostri cari o alle persone che non hanno nessuno.

BUON NATALE STILE SCROOGE!?

Ebenezer Scrooge è il personaggio principale del romanzo di Charles Dickens “Canto di Natale”, scritto nel 1843. Scrooge è un vecchio, solitario e avaro banchiere inglese che odia il Natale, perché nel periodo di festa non si lavora. Ma poi scoprirà il vero spirito del Natale, fatto di bontà e generosità.

BUON NATALE, SÌ MA NON...

Auguri brontoloni

Buon Natale, sì ma non... voglio aspettare tutti questi giorni prima di aprire i miei regali.
Buon Natale, sì ma non... voglio che tutti mi bacino per farmi gli auguri senza neanche darmi un regalino.
Buon Natale, sì ma non... voglio andare a Messa che dura un'ora e mezza.
Buon Natale, sì ma non... voglio che mamma cucini per giorni interi per un solo pranzo di Natale.

Buon Natale, sì ma non... voglio andare alla recita di Natale della sorellina.
Buon Natale, sì ma non... voglio addormentarmi prima di vedere tutti i regali sotto l'albero.
Buon Natale, sì ma non... voglio aspettare che arrivino tutti i parenti, soprattutto quelli sempre in ritardo, che poi s'inizia a mangiare troppo tardi.

Buon Natale, sì ma non... voglio il solito maglione di lana che punge fatto dalla nonna.
Buon Natale, sì ma non... voglio vestirmi con il cravattino che mi stringe il collo.

Buon Natale, sì ma non... scombussolatemi i capelli con la mano e non tiratemi i pizzicotti sulle guance, ah sì, e neanche stritolatemi mentre mi abbracciate.
Buon Natale, sì ma non... voglio giocare a tombola che vincono sempre gli altri e non voglio sentire i nonni che dicono sempre: "È uscito il..."?

Buon Natale, sì ma non... voglio aspettare il 26 per giocare con i miei nuovi giocattoli.
Buon Natale, sì ma non... voglio stare seduto a tavola otto ore.

Buon Natale, sì ma non... voglio rimanere chiuso in casa tutto il giorno quando fuori nevica e si potrebbe andare a slittare.
Buon Natale, sì ma non... voglio che venga domani così in fretta, perché poi il Natale è già finito e bisogna aspettare altri 364 giorni per il prossimo.

Buon Natale, sì ma non... così! Con tutti questi "sì ma non..." non è più Natale...
Ricordiamoci che il Natale è pieno di tradizioni che è bello rispettare, quindi non cancelliamole e viviamo intensamente questo periodo di festa.

BUON NATALE, SÌ MA NON... SENZA IL "SÌ MA NON"!

BUON NATALE DA DENTRO

Auguri dalla pancia di una futura mamma

Ora che ci penso "Buon Natale" io non l'ho mai detto! È vero, l'ho sentito un sacco di volte ma non l'ho mai ripetuto. Anche perché non so parlare e se parlo... rischio di bere.
In realtà non so esattamente cosa voglia dire "Buon Natale"... Sì, lo so che è un augurio fatto in quel periodo dell'anno. Ma io non ho mai vissuto il Natale, sia esso inteso come ricorrenza religiosa oppure come nascita... infatti non sono ancora nato!

Non so ancora che cosa mi aspetta lì fuori e proprio il fatto di non saper nulla... mi spaventa. Quasi quasi non esco, anche se questo penso proprio che non si possa fare.

Però visto che "Buon Natale" è un augurio... mi auguro che il mio Natale... beh, prima di tutto che io abbia un Natale: che io possa nascere e che la nascita mi porti a conoscere le persone che già ora mi vogliono bene... e - detto fra noi - spero ce ne siano, sì insomma, che non spariscano appena vengo fuori.

Mi auguro anche di essere sano, che poi è quello che si augurano tutti: sia chi sta dentro, sia chi aspetta fuori. E se proprio sano non dovessi essere, mi auguro che questa mia

diversità nell'essere "un essere vivente" possa essere un motivo in più per amarmi e non per rifiutarmi.
Mi auguro così che il mio essere non perfettamente sano possa aprire la mente di chi aspetta un super eroe che diventi campione nello sport, una star famosa del cinema o chissà cos'altro.

Mi auguro di fare un percorso di vita insieme alle persone che mi amano sorridendo e non piangendo per quello che sono, mi auguro che mi vedano semplicemente come figlio, punto e basta.

Mi auguro di essere accettato come me stesso, non so ancora se in piena salute o con qualche difetto. Al momento non m'importa di essere sano al 100%, al momento m'importa solo di nascere.

BUON NATALE CON UN BEL PIANTO (DI GIOIA)
SOLO ALLA NASCITA!

MAGIA

BUON NATALE DONDOLANDO

Auguri da chi ha capito il segreto della festa

Dondola. Il mio Natale dondola davanti al camino, sotto il plaid che mi tiene le gambe calde, ma non riesce più a farle star ferme.
Le mie gambe ormai sono ballerine: anche senza musica traballano e io le lascio fare.
No, non dipende dal freddo. Lo fanno anche ad agosto, con quel caldo che fa impazzire tutti in città. Per me non cambia niente: che sia estate o inverno, Ferragosto o Natale, io son qui... e dondolo.

I giorni, però, non sono tutti uguali. Anche senza calendario io l'ho scoperto: è arrivato Natale! Lo capisco delle auto che strombazzano nel traffico del centro, nelle ore dello shopping senza sosta. Me lo annunciano le luci intermittenti che si riflettono dalla finestra. Me lo ricorda la mia vicina di casa, che come ogni anno dimentica la ricetta del panettone e viene a chiedermela.

Per fortuna la mia memoria è ancora buona e mi consente di ricordare il mio Natale da bambina.
Se faccio due conti, ricordo anche quanti Natali ho vissuto.

..DRIN...DRIN..

Ognuno diverso dall'altro, ma tutti accomunati da ricordi che non sono volati via e sono sempre rimasti con me, dentro di me.
Ho dimenticato quasi tutti i regali ricevuti e ricordo giusto qualcuno di quelli donati. Alcuni fatti col cuore, altri rimediati all'ultimo momento solo per non ritrovarmi a mani vuote.

Così oggi posso dire di aver imparato il vero segreto del Natale.
Ho capito che in fondo non serve un albero addobbato.
Non contano i pacchi, la carta luccicante, i nastri, i fiocchi svolazzanti e quel che custodiscono.

Conta molto di più il suono di quel campanello che, dopo il cigolio della porta che si apre, lascia entrare l'assordante frastuono di quei piccoli diavoletti che corrono ad abbracciare una nonna che sogna un Natale ogni giorno. Senza fuochi d'artificio ma con tanti piccoli abbracci a scaldarle il cuore.

BUON TENERO NATALE!

BUON NATALE AI POTENTI

Auguri per un mondo che deve cambiare

Il mio augurio deve impegnarsi! Deve volare molto in alto, arrivare al tavolo dei potenti, come si chiama quel tavolo?
Ah sì, G7: il Gruppo dei 7 Stati più potenti, e adesso c'è anche il G20... dove il numero sta per i Paesi maggiormente avanzati. Che poi... avanzati in cosa, se spesso non si mettono d'accordo per problemi legati ai soldi, all'ambiente, ai conflitti mondiali?

Vorrei che il mio semplice e piccolo augurio sia ascoltato in mezzo agli strilli di chi fa la voce più grossa perché si crede più potente di un altro o perché ha più soldi.
Perché al posto di sparare "palle" a cui neanche loro credono, non appendono palle colorate di Natale su un ramo così lungo da unire tutte le nazioni?

Perché al posto di aggiungere un missile distruttivo non aggiungono un dono per i Paesi meno sviluppati? E mi raccomando che questo dono non diventi un pacco... bomba, come purtroppo spesso accade.

Perché non si tendono la mano orizzontalmente piuttosto che dall'alto verso il basso?

Perché al posto di parlare, parlare, parlare, non si mettono ad agire? Perché respingono una barca carica di persone e bambini indifesi da un Paese all'altro pur di non dare loro un rifugio?
Il mio augurio è che possano rispondere a queste domande con una soluzione.

Non so se il mio augurio mai giungerà a questo tavolo imbandito di "chissenefrega", ma il mio desiderio è grande, così come la speranza e la magia che in questo periodo dell'anno non mancano, affinché qualcosa possa davvero cambiare presto...

Perché chiedo a loro tutto questo? Forse perché è più facile chiedere agli altri di cambiare, così non si è costretti a fare nulla.
So bene che il primo cambiamento deve partire da me, da tutti noi nessuno escluso, senza aspettare nessun G qualcosa di numero, partendo da questo mio augurio per continuare con una semplice... Buona Azione!

BUON NATALE CHE PARTE DA NOI!

MELE KALIKIMAKA

Auguri in musica

Il mio "Buon Natale" passa attraverso la musica. Alcune canzoni le conoscete sicuramente, altre un po' meno, e allora cominciamo!

Mele kalikimaka a voi! Eh? Cosa dici? Leggete qui sotto, così capirete da dove arrivano questi auguri.

"Mele kalikimaka" è quello che si dice in una soleggiata giornata di Natale, è l'augurio che dalle isole inviamo a voi, dalla terra in cui le palme ondeggiano. Qui sappiamo che il Natale sarà verde e luminoso, con il sole splendente di giorno e le stelle di notte. "Mele kalikimaka" è il modo per dire "Buon Natale a voi"

Insomma, la canzone *Mele kalikimaka* ci augura "Buon Natale" dalle Hawaii!

All I want for Christmas... una canzone che ci parla di "tutto quello che voglio per Natale"...

Non voglio molto per Natale, c'è solo una cosa di cui ho bisogno, non mi importa dei regali sotto l'albero di Natale, voglio solo te... Tutte le luci stanno brillando così lucenti ovunque e il suono delle risate dei bambini riempie l'aria,

tutti cantano, sento suonare le campanelle della slitta: Babbo Natale, mi porterai quello di cui ho veramente bisogno?
A Natale molte persone non si aspettano di trovare un pacchetto regalo sotto l'albero, sperano solo di ricevere una visita di un caro parente o di un amico che non vedono da molto tempo... qualcuno che forse è stato allontanato (spesso anche se vive vicino a noi) per mille motivi o che il destino ha diviso. A volte si aspetta e non succede nulla, a volte prima dell'attesa bisogna fare qualcosa: un aiutino per ritrovarsi a Natale, una telefonata, un messaggio... oppure - come si fa oggi - un audio whatsapp!

O Tannenbaum: di questa canzone ci sono diverse versioni tradotte in italiano, ma quella che più mi piace (e capirete presto il perché) è questa:
Nel buio tu risplendi, ***Abete*** *di Natale. Sui rami tuoi scintillano le luci colorate. Dei bimbi gli occhi brillano, di Dio le luci vedono. Accanto a un presepe c'è l'****Abete*** *di Natale.*
Io aggiungerei... c'è il vostro ***Luca Abete*** di Natale!

E infine... *Merry Christmas to you...*
Buon Natale vuol dire... Merry Christmas a voi. Buon Natale a tutti, buon anno e tanto divertimento. Buon Natale, che i vostri desideri si avverino. Lontano oltre il mare nella soleggiata Italia, c'è un pittoresco paesino in cui gli orologi

sono fermi da oltre un secolo. Non sanno l'ora o l'anno ma a nessuno sembra importare... ed è questo il motivo per cui il periodo di Natale è celebrato tutto l'anno.

Ma ci pensate? Natale tutto l'anno? Vi piace l'idea? Forse potremmo prendere la parte bella del Natale, il suo vero spirito, e metterlo in pratica tutti i giorni dell'anno, non solo il 25 dicembre!

E ALLORA CHE SIA BUON NATALE
TUTTI I GIORNI DELL'ANNO!

BUON NATALE... MA DOVE LO METTO?

Auguri da chi non ha casa

Lo so, sembra strano quello che sto per dirvi ma... voi dove lo mettete l'albero di Natale? Il mio augurio è che possiate sempre trovare il posto dove metterlo. Eh sì, perché io non so proprio dove piazzarlo.

Dunque, nel soggiorno... che è anche la cucina (molte case moderne hanno cucina e soggiorno insieme), ah, io ci dormo anche... Divano letto, direte voi? Qualcosa del genere, quindi camera da letto, soggiorno, cucina (che sono lo stesso ambiente) sono da scartare e... la casa è finita!

Non ho posto per un albero di Natale, ho bisogno di ogni centimetro per le cose che mi servono per vivere...

No, non posso mettere neanche le lucine di Natale perché... non ho la corrente elettrica.

Ecco quello che farò: disegnerò un bellissimo albero di Natale e dovunque lo metterò di sicuro lo potrò vedere da tutte "le stanze" di casa mia: scommetto che non tutti possono fare così!

Il mio posto dell'albero di Natale invece è occupato da pietre e calcinacci. E credetemi, non riesco a ripulire tutto e neanche a cercare un altro angolo della casa (che non ha più neanche un angolo!), perché non ho giardino e ora neanche balconi per un albero di Natale.

Probabilmente quest'anno non avremo neanche un pacchetto da aprire o un tavolo sul quale appoggiare le classiche pietanze. Abbiamo solo un desiderio: poter riavere una casa nostra nella quale abitare, una che non si distrugga con il terremoto o che non venga sommersa dall'esondazione di un fiume.

La nostra ricchezza è che siamo ancora tutti insieme, non importa dove ci diremo "Buon Natale"... importa solo che ce lo diremo.

BUON NATALE ANCHE SENZA L'ALBERO!

BUON NATALE STELLARE

Auguri da molto, molto in alto

Amici lontani ne avrai tanti, ma io - te lo assicuro - sono quello più distante. Per vedermi non serve il binocolo, non basta il cannocchiale, è praticamente inutile acquistare un telescopio.
Potrei spiegarti tutto al telefono, ma anche se ti lasciassi il mio numero... non potresti mai chiamarmi.

Non spaventarti però, sono un essere umano in carne e ossa proprio come te. Qui le luci non mancano e sono più luminose di centomila alberi di Natale addobbati.
Ebbene sì, sono davvero fortunato. Anche se la tua stella cometa sul presepe è bellissima, qui basta affacciarsi alle finestre dalla strana forma rotonda per vederne sfilare decine.
Però anche tu sei fortunato: puoi mangiare il panettone, fare gli auguri ai tuoi amici più cari, abbracciare i tuoi famigliari.
Ecco questo mi manca un po'. Mi mancate un po' tutti.

Vivo da un po' di tempo in missione tra le stelle e quando osservo il pianeta sul quale sono nato lo vedo minuscolo.
Delle grandi città vedo solo le luci, non distinguo i Paesi né tantomeno individuo i loro confini. Io vedo un mondo fatto di

cose simili, tanto simili: un mondo unico. Tu potresti elencare decine di differenze e distinzioni, ma io ti assicuro che la Terra, vista da quassù, è proprio così.

Allora ne approfitto per fare gli auguri a tutti quelli come te rimasti con i piedi per terra. A coloro che amano il nostro pianeta e lo guardano come faccio io, forse proprio come un bambino innocente che non vede diversità tra le persone, che vede un mondo unito, senza confini e capace di incantare chi lo guarda proprio per questo motivo.

Che sia un Natale meraviglioso, una festa spettacolare con tante bottiglie da stappare. E tra un cin cin e l'altro guardate in alto e allungate un calice, troverete anche il mio tra gli astri pronto per un brindisi... stellare!

BUON NATALE DA LASSÙ!

BUON NATALE A DISTANZA?

Auguri che non vorremmo più fare

A distanza! Abbiamo imparato questo modo di dire recentemente. Didattica a distanza, lavoro a distanza (smartworking), vedersi... a distanza.
Per tanto tempo abbiamo dovuto rinunciare ai contatti fisici: una stretta di mano, una pacca sulla spalla, un abbraccio. Saluti a distanza e ovviamente anche auguri a distanza.
E se prima ci auguravamo "Buon Natale" con tanti grandi regali, quest'anno (come gli anni scorsi) chiediamo una cosa sola: che finisca questa pandemia.

Ci auguriamo che i nostri cari stiano bene, auguriamo che possano guarire i malati, auguriamo pace a chi ha perso qualcuno.
"Buon Natale" ce lo siamo detti a distanza sperando che sarebbe stata l'ultima volta e che in futuro ce lo potremo dire a voce, guardandoci in faccia e non da dietro una mascherina, perché vogliamo vedere i nostri sorrisi, sentire la nostra voce chiara e limpida.

Non vogliamo più dire "Buon Natale" a distanza per mezzo di qualcun altro... magari una gentile infermiera che ci fa

da tramite per far arrivare gli auguri a una persona cara ricoverata in terapia intensiva, isolata e senza la possibilità di un contatto.
Non vogliamo più dire "Buon Natale" a distanza di pochi centimetri, ma da dietro una porta di qualcuno che è chiuso in casa in quarantena e che ha bisogno per i medicinali, la spesa e ogni esigenza.

Non vogliamo più dire "Buon Natale" a distanza solo al telefono o in videochiamata, o con Meet, Zoom, Teams o altro.
Noi "Buon Natale" lo vogliamo dire così:

BUON NATALE IN... MASCHERINA

Auguri strani ma sempre sinceri

"Buon Natale!"

"Come? Buo ammale?"

"No, Buon Na-ta-le!"

"Buon tale? Non ho capito, può ripetere?"

"Uff! Buon Na-ta-le!"

"Ah... Buon rateale?... No, aspetti ci sono: buon Natale, giusto?"

Che fatica farsi capire con questa mascherina!
A scuola è stata anche utile quando durante un'interrogazione si dava la risposta sbagliata, si poteva sempre dire che avevamo detto quella giusta.
Ops, forse non dovevo dirvelo... scusate professori, ma sicuramente lo sapevate già questo trucchetto.

Gli auguri fatti da dietro una mascherina non sembrano neanche auguri sinceri: non sappiamo se la persona che ci fa gli auguri abbia una faccia allegra, triste o arrabbiata oppure una faccia indifferente, insomma che non gliene frega nulla di farci gli auguri, ma li fa perché obbligata o per contraccambiare.

A proposito, con queste mascherine non sappiamo neppure se ci stanno facendo la linguaccia!
Pensate a qualche Natale fa... "Buon Natale!". Cosa vi viene in mente? A me una faccia sorridente! Piena di gioia per il Natale e per il messaggio di auguri che stiamo inviando a un amico, a un parente o anche a qualcuno appena conosciuto ma che ci sta simpatico e al quale quindi auguriamo: "Buon Natale!".

Sono sicuro di una cosa, però: quando si dice "Buon Natale", che sia detto da dietro una mascherina o mostrando il nostro bel viso, la nostra voce e soprattutto i nostri occhi non ci tradiscono!
Urliamolo allora a gran voce e diciamo a tutti: "Buon Natale!".

È un augurio che malgrado tutto deve portare felicità in questo periodo magico, felicità per chi riceve il nostro augurio e felicità che ci investe dopo averlo detto, un augurio che deve arrivare dritto al cuore per dire: io ci sono!
Ci sono ora che è Natale e ci sono sempre per te, perché per questo Natale, anche per questo Natale, il mio più sincero e caloroso "Buon Natale" l'ho detto e lo dirò - se servirà - da dietro questa mascherina, che sarà anche antipatica, ma aiuta a salvarci la vita!

BUON NATALE ANCHE CON LA MASCHERINA!

GUARDA BENE, È UN PACCO!

No, no, dai, stavolta, nessuna fregatura!

C'è un pacco per tutti... sotto l'albero. Qualcuno ci troverà ciò che sognava. Qualcun altro dovrà accontentarsi...
di quel che c'è.
Noi, intanto, corriamo come fanno in tanti. Tra doni da comprare, faccende da sbrigare, auguri da recapitare, pensiamo, inevitabilmente, a come siamo cambiati.
Da piccoli il mistero di Babbo Natale ci toglieva il sonno la notte della Vigilia. Il profumo dei dolci riempiva le stanze e il pancino, che a volte, troppo pieno, faceva un po' male!
Gli alberi addobbati. Le bucce di mandarino spezzettate sulle cartelle della tombola. Presepi con i re magi sproporzionati, grandi più di una montagna. Le carezze dei nonni... che ci mancano tanto.
La verità è che gli anni ti cambiano. Le esperienze ti fanno crescere. Se riesci a esser bravo, puoi addirittura ritrovarti migliore.
Pensiamo, però, che chi vive solo di ricordi finisce col dimenticare proprio le cose più importanti. Chi dimentica il passato, invece, rischia di svuotare il senso del futuro.
Noi ripartiamo così. Guardandoci intorno. Zigzagando l'ipocrisia delle feste. Onorando il valore del donare. Senza sparare

fuochi d'artificio. Provando a illuminare il buio con il sereno piacere di un pensiero, sincero e sorprendente. Perché Natale è sorprendersi. È stringere mani. Spegnere l'interruttore della rabbia. Guardarsi allo specchio e riuscire a vedere, tra le rughe, quel piccolo cuore da bambino che non muore con l'età. Quel bimbo c'è e chiede gesti sinceri. Sentimenti onesti. Vuole amore. Sogna più sorrisi, fogli da colorare, un'altalena per dimostrare a tutti che anche senza biglietto si può spiccare il volo.

Quel bimbo c'è e sogna giorni come questi. Per scacciare la solitudine. Per far capire quanto sia importante farsi gli auguri, ma senza ipocrisia.

Dirsi "Buon Natale" è una cosa seria!!!

Lo diciamo a te, al bambino che è in te, nel senso più bello che c'è!

AUGURI!!!

E ORA TOCCA A TE!

Tanti gli auguri che hai letto,
tanti gli auguri che mancano,
da leggere, scrivere, inventare o sperimentare.

Che cosa aspetti?
Invia i tuoi auguri, il tuo biglietto, il tuo messaggio per il mondo in questo magico periodo di Natale.

Che siano auguri sinceri, auguri che ci raccontano la tua storia o la tua fantasia, auguri che scaldano il cuore di chi li legge, auguri speciali perché scritti da una persona speciale...
e quella persona sei

TU

Anche tu hai una storia di auguri?
Inviala a ***info@dirsibuonnatale.it***
e vai sul sito ***www.dirsibuonnatale.it***
per saperne di più!

RINGRAZIAMENTI

Questo libro è un tributo alle mille storie che ruotano intorno alla festività più emozionante, intensa, radicata.

Un'occasione per dire grazie a chi ha dentro i valori del Natale e li trasmette tutto l'anno.

Ai bambini che, tanti anni fa, mi hanno insegnato quanti sorrisi si possono regalare con un vestito buffo e un semplice naso rosso.

Alla mia famiglia che, col cognome che ha, anche senza addobbi, non poteva che essere legata indissolubilmente a questa ricorrenza.

A Giorgia che riempie di luce le mie giornate come le migliori luminarie dei giorni di festa.

Ad Alessandro che ha fatto in modo che il nostro gioco diventasse una cosa seria, proprio come scambiarsi gli auguri!

LUCA ABETE

* * *

Il mio "Buon Natale" come ringraziamento a chi mi ha fatto trascorrere sempre un sereno Natale: i miei nonni, i miei genitori, i miei figli.

A chi ho incontrato in tanti viaggi e mi ha fatto capire che esistono modi diversi per festeggiare oppure non festeggiare il Natale.

A Nonna Peppa che con il suo esempio ci dimostra che per 115 volte, e anche più, si può dire "Buon Natale" e lo si può dimostrare con l'esempio.

All'Abete che non si è illuminato, ma mi ha illuminato per questo libro e con te, Luca, siamo riusciti a confezionare questo dono di Natale.

ALESSANDRO CORALLO

INDICE

SociaLibri®
opportunità per la comunità

In SociaLibri® siamo in tre: Baobab Cooperativa Sociale, San Carlo Cooperativa Sociale Onlus, Àncora Editrice. L'incontro tra noi è stato da subito d'intesa: abbiamo condiviso le nostre storie ed esperienze e ne è nata la voglia di iniziare un progetto insieme, per dare a tutte le persone che hanno difficoltà di lettura il piacere di leggere e di offrire al tempo stesso una possibilità concreta di lavoro a persone fragili e "svantaggiate". Da qui nasce lo slogan "opportunità per la comunità". Perché leggere è un'opportunità che fa crescere il singolo e quindi la comunità. Perché dare lavoro a persone fragili è un'opportunità per loro stesse e anche per la comunità. Perché donare risorse è un'opportunità di crescita per la comunità.

Il progetto SociaLibri® nasce nel 2018 da un'intuizione di Baobab Cooperativa Sociale, grazie al supporto del Centro META, che si occupa di tutoraggio a minori con disturbo specifico dell'apprendimento (DSA), bisogni educativi

speciali (BES) e difficoltà di apprendimento. Baobab è un'impresa sociale giovane e affidabile fondata nel 2004. Il suo nome allude al grande albero della savana, che offre a tutti riparo, cibo, medicine; la sua mission è quella di entrare nel tessuto sociale comunitario e territoriale per mettere al centro la persona attraverso l'attivazione di servizi, in accordo con i Comuni, gli Istituti Comprensivi, il privato sociale e le Associazioni. Un particolare sguardo è rivolto ai minori e alle loro famiglie.

San Carlo Cooperativa Sociale di Solidarietà Onlus è nata nel 1984 ed è stata una delle prime Cooperative Sociali di Tipo B della Lombardia. Nonostante la crisi che ha investito negli ultimi anni il mondo produttivo, con forza e impegno continua a svolgere il suo ruolo di impresa sociale legata al mondo del lavoro e della diversità, umana e professionale. La sua mission è quella di garantire l'inserimento lavorativo di persone "svantaggiate".

Àncora è una casa editrice fondata nel 1934. Il suo marchio da sempre è sinonimo di testi di formazione e di spiritualità cristiana destinati a chiunque desideri approfondire la propria fede. Negli ultimi anni Àncora ha sentito l'esigenza di rivolgersi a quei "cercatori di Dio" affamati di parole che rispondano ai più profondi interrogativi dell'uomo.